平成九年三月　喜壽

離合の地

高倉信子

文芸社

此の歌集を、尽きる事なき愛情をもって指導を賜りました

村野次郎先生
冬野清張先生

に捧げます

高倉信子

離合の風／目次

一　茅の輪

八重桜　9
季移る　11
柔き緑　13
隠岐……国賀海岸　15
鏡　17
不思議な言葉　18
天上の楽（一）　19
銭形平次　21
川　22

二月の輪

面影 23
南禅寺道 24
隣人 27
祇王寺 28
霧ケ峰 30
美しき封筒 33
述懐 35

三ニュートンリング

信濃路 37
諏訪湖 39
別れ 41

インスタント　43
日本語　44
赤き夕雲　46
天上の楽（二）　47
青葉　51
村野次郎先生喜寿　53
迷ひ　53

四　馬　鈴

越え来し山　55
隠岐に拾ふ　58
偶成　60
えにし　61
ボウリング　62

「漂雲」出版祝賀会（発起人として）　64
菖蒲園　65
喪　67
ショッピング　69
口笛　71
嫁　72
父の死　73
痛む腕　74
梅林　75

五　環礁

庭　76
高山寺道　78
氷片　80

晩秋　81
白髪七首　82
天上の楽（三）　85
山茶花　88
冬の訪問　91
うた　93

六　戦う夫　94

後記　101

一　茅の輪

八重桜

八重咲きの桜重たく匂う日に逢ひても告げぬ想い文にす

追いかくる情熱もなき淋しさを節度と強いておもい落ち着く

別れむと振りたる君の手がふとも
招くかたちに蘇り来る

出せし手紙とどむ術なき現実に
われは決断せまられている

逢ひたきやとずばり一言いひいでし
夫の嫉妬は我を若くす

季移る

対岸に紅く燃ゆるを虎杖《いたどり》と
こころづくまでわが眺めいし

ふく風に垂れ枝は常になびきつつ
柳いつしか幹ふとらしぬ

実と花につぼみも重ね一茎に一生を見する九輪草の花

ドウダンの花こまごまと咲くかたへ
別れむとまた言葉をかわす

手の届かぬものに興味を持つ性を
つのらせて葵の花咲きのぼる

青嵐吹かれて立てば唇の乾くをおぼゆ燃ゆる心に

柔き緑

フリル数多つけたる服を着て
　惜しむ柔き緑の季みじかきを

一すじに夫がよせ来し純情に
　敗けし夜明けてみどり清しき

ゆらぐわれを放たぬ夫のまごころが
　絹糸のごと光る浅夜に

わが心われより夫がなほ深く
掴む日ありて花を買い来る

吾とあらねばさらに延び得し夫かとも
見つむる瞳に笑み返し来る

隠岐……国賀海岸

ゆるるなき舟引運河を離れ来て
　　　波に乗り行く小さき船は

唐人の打ち寄せられし浜といふ断崖のもと砂波に透く

見返しの視線幾度も高くたかかく移して摩天崖の頂を見つ

地獄窟ひかりの届く限りにて波打つ岩に住めるフジツボ

地獄窟のはば一杯につくる船傾斜ゆるさぬ知恵闇を行く

移りゆく奇岩洞窟は付し名の俗に
超然としてわれに迫り来る

鏡

よそほひてやうやく保つ自負心の
はかなき過程もうつす鏡面

ある時は君が若さを支えたる
われてふ自負の髪もすきにき

不思議な言葉

感情の流れに添ひて変化する
　不思議なおんなの言葉「ねえ、ねえ」

気がつけば便りに「ねえ」と書きいしは
　親しき二、三の範囲を出でず

待たれいる思いに手紙したためぬ
　「ねえ」と呼びかけ「ねえ」と結びて

天上の楽（一）

百たびのさだかな夢もぬばたまの
　一夜のうつつに及ばぬものを

君といておもひ綾なすぬばたまの
　夜半に蛇身をわが羨《とも》しみぬ

わが乳のまろさを知れる手に受けて
　今日より後の水飲みますや

面影に口づくる時も目をつむる
しみじみわれは女なりけり

愛されて生くる怖さにおののきぬ
息つまるまでわれを抱く手

口づけに夢とうつつの境をば奪われしより茫々と生く

銭形平次

美男なる大川橋蔵いつの日も斬らるることなき銭形平次
投げ銭に倒るる誇張もドラマにて人の心の壺に当たれる
橋蔵とおなじ地に住み艶聞も
知りつつテレビの平次に見惚る

川

加茂川の底のなびき藻なよなよと
なびく長さに春深まりぬ

酔眼に君の心がちらちらと見え初めしとき川昏れにけり

美しと君が言ふなる夜の川に映る灯りはゆれて流れず

二　月の輪

面　影

瓶の口おぼつかなくもつき合わせ
醤油うつす春の日暮れに

君思いつつ轢かれて死なむ幸いを
よぎり終えたる道に気づけり

面影の君といいし時音のして誰か客かと部屋見まわせり

南禅寺道

早春の曇りにひそむ温かき南禅寺道君と来にけり

かく共にあれるうつつを夢かとも早春の陽に淡き二つ影

帰りゆく刻を知らせて逢ひに来し
　君をいかにかわが留むべき

愛恋の極みは無ともただ二人
　向かえるままに刻たちゆくも

ふたり居てうち越えがたき一線を
確かむ如き逢ひをしにけり

悔いなかりしを悔ゆるが如き君が文
別れし後の思いを乱す

隣人

笑顔にて交わせし握手逆ねじるごとき声聞く旬日ののち

悪口を言はれいるよと告げくるる隣人もいて此処に住みつく

人ほめぬかたちに意地を通しいる隣人が道に撒く水光る

祇王寺

声にしてあなたと呼ぶには遠きまで
夫は先ゆく野ノ宮の道

本日は落花の庭を見給へと半紙やさしき祇王寺の門

いずこより花は散るやと惑うまで木々抜き高き祇王寺桜
祇王祇女仏御前とその若さ
彫り分けし仏師ら名は留めねど

霧ケ峰

観光の道新しく高原の緑を切って山を巡れる

高原に融け入る若きらオレンジの
テント明るく接点を見す

生きいきとそそぐ夏日に野を覆ひ
ニッコウキスゲの黄はもり上がる

視野うずめニッコウキスゲ黄に照れば
　娘を連れて遠く来し想い満つ

みだれ咲く花を踏まじとふみしむに
　火山灰なる道柔らかし

高原の咲き満つ花に囲まれて地球の耳のごとき岩かげ

陽を避くとさしいし傘を忽ちに濡らして過ぎぬ高原の雨

みはるかす花野を高くよぎる雲花かげらせて影流れゆく

匂い立つ湿原の花ひしめきて八島ケ池は銀に昏れゆく

美しき封筒

美しき封筒机上に買い置けば
われにも手紙を書けと夫言う

わが便り読みて心が揺れしよと
書き来し読みてわれも揺らるる

微妙なる心つたえている部分カナ文字として返信が来る

十日ばかり便り絶えしを空虚よと
われに甘ゆる君となりたり

日本各地に蓮華は咲くと思えども
わが見し花を封じて送る

述懐

ふわふわと煽てられ来し若き日の
気分ぬけざり四十の今日も

天皇もわれもひとしく持てるもの
時間とぞ言うかたち無きもの

報いらるるを願いし愛にあらざれば
悔いはなけれど嘆きは尽きず

人を愛することにもほとほと疲れたり
ゆきずりの人の気楽さを恋ふ

世の中に正しき人は満ちおれば
ドンキホーテよためらはず行け

三　ニュートンリング

信濃路

信濃路に汽車は入りつつ夜明くると
大き日輪山より出づる

三門にむかいて歩む善光寺山よりの風香を匂わする

暗黒の戒壇めぐり善男と善女を証す鍵音ひびく

闇を行くわが手支ふる肩あれば
　よし極楽の鍵にふれずとも

われの死を送りて逝きたしと言ふ君と
　今日は信濃にソバをすすりつ

諏訪湖

山巡りつつ失ふ方位を引きもどし一つ湖ときどき光る

共に死なば死の恍惚もある湖の岸歩みつつ何を語らむ

風の音にただに従ふ波の音湖畔の夜半に涙ぐみ聴く

どろ船の漁るを見しが水鳥の群れに

変わりて朝たけていつ

別　れ

別れがたき想い時間の無情さに
断たせて帰りの指定切符買う

送られて帰る車が過ぎし日の思いを返す街角曲がる

運命にゆだねし想いにまたの日の
逢い約すなき別れしにけり
共に居て見せぬ涙を別れたる車窓にもたれひとり流せり

インスタント

一年を五十二サイクルに生くる世の
　店頭埋むるインスタント食品
誰が手にも同じに出来るは同じにしか
　出来ざるにしてインスタントラーメン

日本語

六感もちて送り仮名書き大過なく
五十の今日まで経ては来つれど

八十八の苦労になると米の字に
ものの価値説きし父はやも亡し

澱粉をば殿粉と書かす改定に捨てられし語意空に漂ふ

初、始、肇、どのはじめかと中年の
われなほ迷いつつ書く日本文

「やれ、やれ」をその抑揚に競技見つつ
子は嘆息と激励に分く

今日われの手紙、訪問、電話にて使いし
「暫く」半年、一月、三十秒

赤き夕雲

わが歌をよめばいらいらすると言ふ
言葉以上の眼を君はする

冬野先生の歌の何所が好きなのかと
問いつめて来し人の面影

窓ひらき赤き夕雲見ていしが
そのままにして昏れてしまえり

天上の楽（二）

離れいて育つる愛の深さをば測るが如き闇をにくめり

天上ゆ下りて君の来ますがに
　　待ちし日ありて虹立ちおもふ

清き愛と自負せるわれが君に逢う前数日を摂せしは何

山桜「キンマ」の筒に生けたれば今宵の君は公達なれや

ひらひらと桜の散れば秘帖をば
ともに見し夜の記憶は返る

君は川われは草土手神よ疾く珠玉をつめし蛇籠を賜へ

目閉ずれば闇の海原七色の波の彼方に歓びは見ゆ
むらぎもの流れ綾なす愛恋の
こころの色の目閉ずれば見ゆ
そのプランたてよと言うや
しのび逢ふたびに生死を賭けいるわれは

今生の眼閉じんとする際に汝おもはむとふと君の言ふ
来し方の君は問わねど愛歴の終の女でありたきものを

青葉

アラカンの砲声にこの夜も覚めしと言う
戦い果てて既に十年
（夫は昭和十八、十九の二年余り印緬国境アラカン山系戦線にて攻防の日々を過ごす）

甘き言葉かわす齢は過ぎんとし
帰刻はかりてお茶わかし待つ

お互いにどこまで生かし合えるかと
庭の青葉にむきて想へり

十年経て軽視されたる記憶なき
妻なりのちも夫を立てゆかむ

村野次郎先生喜寿

五十代の師が笑み瞳にとどめいる
われにて喜寿の宴につらなる

迷　ひ

善悪に依りし答えぞうらめしきわれ愛憎のなかに迷ふを

法治国正邪に流れ区切るとも分かちは難き愛憎の渦

い寝ず書きし便り朝は落ち葉焼く
中に投じて迷いは尽きず

君を疑うはわれを信じぬことなりと
思いいたれば夜は白み来ぬ

四　馬鈴

越え来し山
落つる日の変わる角度に遠空の
雲とまがいし峰あらはれぬ

たちまちに視野をうばいて霧は来ぬ車の中の小別天地

妬みいし風や愛言を奪いけん
野にさらさらと二人ありし日
二人して越え来し山の見ゆる地に
しばし憩えり別れんとして

二人して越え来し山の道は見ゆ何の虚実を君問ふとすや

悔ゆる日のなきをかたみに願いつつ
越え来し山の昏れゆくを見つ

隠岐に拾ふ

庭すみに四、五人寄れるに近づけば
節ゆがむ竹の仏面なせる
（隠岐家）

行在所跡簡素を語る礎石らが狭き囲いの中に並べる

蓑一つに隠るる広さも耕して段なせる田に島人ら生く

信濃なる田毎の月もここ隠岐の
　蓑かくし田も生きの厳しさ

逝く夏の乾ける砂にまろびいる
　淋しき松露割れば胞子もつ

偶　成

憎むにも倦みてしずかに対へるに
優しくなりし如く言われぬ

痒ければ血の出るまでを掻く癖の
癇性持ちて傷あとのこす

えにし

音信のたびに書き添え来し花の
百花となりしえにしを想ふ
忘れ得ぬことの幾つを重ぬまで続くえにしか命かなしき

ボウリング

壊したる紡績工場の屋根よりも
高く大きくボウリング場建つ

遊びこそ人生なりと叫ぶがに倒るるピンのほがらなる音

ガーターに一度おつれば盤上に
　かえれぬボールころがり行けり

力のみにてストライク生むとは限らざる
　ボウリングをば暫し楽しむ

「漂雲」出版祝賀会

（発起人として）

歌の師の受けられし花束宴果てし
机上にあるをわが抱き出ず

祝辞二時間乱るるなくて聴きくれし
人らの厚意を時経ておもふ

菖蒲園

わが着物《きぬ》とおなじ色なる花も見ゆ
　菖蒲園かなしく君に添いゆく
（菖蒲園は京都洛北上賀茂にあり）

何事もなかりし如く別れむか暑き路上に埃は舞へり

たゆたへば別れ難しとわが手振り君を送らむ車を呼べり
運命観わが持つまでに愛されし出合ひ思へど漠々とせる

喪

苦しまず逝きたしと言ふ人間の終の願いのかく素朴なる

たはやすく争ふ程の親しさも持たず舅と過ぎし三十年

その意味を解すること無き経読みて
　この世の外に人を送るも

納骨塔の石のゆるびゆ霜月のにぶき蜂出づわが近づけば

東福寺の広き山内ぎこちなく骨壺だきし夫にしたがふ

志納料の受け取り書くと言う寺の
広々と寒き部屋に待たるる

ショッピング

繁華街人の流れの河なせば生きいきと我は魚となりゆく

節電の掲示板読まねば気づかざる明るさ保つ百貨店内

気に入らぬは忽ち捨てておそれざる服選る女の瞳輝く

ショッピング意に叶ふまで選り歩き
都会の自由をわれ満喫す

口笛

打ち寄する波音響く部屋の中想いいしより静かに逢へり
合いし目をそらせし後の空白に君が吹きたる低き口笛
高原にゆかむと君が言ひしより緑が占むるわれの眼裏

嫁

われの子にこの娘嫁がばわれは姑
　光る黒髪まぶしみて見つ

息子《こ》の長短知る母われは嫁ぎくる
　細きうなじを愛しみて見つ

父の死

持ち山を教ふとわれを伴ひし同じ道ゆく柩に添いて

叙位叙勲碑文の終わりに飾るとも
かへり来給ふ父ならなくに

亡き父に賜ひし叙位は遺されし明治生まれの母を支へん

痛む腕

底ごもる腕の痛みに耐えおれば
つきつめてものを想うことなし
温かくなれば癒えなむ痛みかと花咲く春を待てば遠しも

梅林

梅林に共に行きしをかくすともなく隠し来し長き歳月

言葉ふと絶えしベンチに二人見る
紅梅の花に陽があたりをり

逢ひていて多く語らぬわが性を
淋しみし日の君も過ぎたる

五　環礁

庭

移り来ておほ方われの植えし木々
　緑競り合う庭となりたる

ふる里の庭の万両を移し植え
　異郷にわれや老いんとすなる

一時期と思いし家に終へなむか実生の椿の花は垣を越ゆ

帰り住むこともものの憂し売るも惜し
遠き故郷の夫生《あ》れし家

高山寺道

ゆく先をわれにまかせて問ふとせぬ
君と来たりし高山寺道

一すじの道に移りぬゆく先を知らざる君が先に登りゆく

おのずから静けき道に足はむく仏足石の傍へも過ぎて

高山寺木のした小暗き懺悔道
　　われよりさきに君のぼりゆく
濡れ縁に沿いて巡れば金堂の背後しずけし山せまりいて

氷片

対ひつつ今はしずけし肩ごしに見ゆる遥かな海平らけき

若くして珠と捧げて来しものの中に一つの石まじりいき

コーヒーの飲み干されたるグラスの底に
浮遊かなわぬ氷片寄れる

晩秋

その花のあふれし余情葉に染めて
　ケイトウ赤く秋陽に燃ゆる

冷たしと思はで共に憩いしを別れて気づく晩秋の石

聞き直し叱られておりに放心の形に出でて秘事は責めらる

白髪七首

わが呼びしこえに振りむき逆光となりし
　白髪たまゆら黒し

安らぎは死にあり生の終章を謳歌し給へ白髪光る

あらがえぬものに抗い染めし髪
生えぎわ白く突き上げらるる

燃え尽きし灰の色なす白髪の
交じらふ日々を何にいきほふ

己のは誠の怒り他は若気ぞとなみせし頭上に乾く白髪

苦悩をば重ね瞳のすわりたる額に垂れてみだる白髪

若きよと言はれほころぶ白髪の

垂れる笑みにも心うたれき

天上の楽（三）

逢ふといふ意味さまざまに変わり来て
　　いつしか離れがたくなりたる
仮の世と今はうなずくおろそかな
　　逢ひまた別れわが重ね来て

おのずから逢ひの合間のま遠さに
慣れてわかれぬ別れとなれり

近づけば退く君の小心を咎めぬまでに齢重ねし

別れんと真昼逢ひしを君が眼の
かげ淋しきに言ひ出しかねつ

名将は戦の終わりをこころ得き
恋の引きどきわが想ふなる

許したる者のみが持つ喜びと悲しみありて身を通し来る

山茶花

夫が背とおもふ高さに山茶花の
　　花のひと花咲けり歩み寄る

文章を常に書きませば段落の句点か夫が朝の口づけ

インフレの激しき風の中にして
　　響きやさしきロマンスグレー

い寝しわが胸にのせたる夫が手の重さの下を通るわが息

つくされてのみ来し想ひも淋しきに
われを叱りし日とて無き夫

ただ甘え来たりしわれを常に許し
肥えしことなき長身の夫

夫のため子のためわが身いたはらむ
　想ひしみじみ朝の汁吸ふ

貫かむ一つの願い持ちしより命いよいよ愛しまれ来つ

五十なかばのわが齢若しと羡《とも》しびし
　声蘇り来てわれを励ます

冬の訪問

言はでものことも言ひしか真昼訪い
　星空の下送られて辞す

話し合ひつつ時には閉ざす唇に君の立場を測りつつ聞く

閉ざしいる唇にこころの流れ見えうなずく
われも声に出すなく

傍らの木の名など問ひ枯れ草の道送られて柔らかくふむ

うた

孔孟を読みて老荘をよまざりし姿のままの歌を淋しむ

無理をしてほめてくれたる歌一首
寂しき遊び共に持ちたる

六　戦う夫

明日かへる如く征かんとする夫に
遺す言葉は問ひがたきかも
（昭和十六年三月、中国戦線へ出征す）

笑顔にて送りくれよと言ふ夫に答へんとして涙あふれぬ

常は見ず過ぎし山茶花しみじみと
　夫征く朝に見つつ別れぬ

生還を期せずと夫も征きましぬ伸びゆく戦線わが命なり

シンガポール陥ちしを祝ふと征きし夫に
　供えてあしらふ春の草花

須臾の間も戦ふ夫をわすれねば
朝の化粧もすばやくなしつ

兵営の検閲判赤しなにげなき便りといえど涙流るる
（昭和万葉集巻六に収録される）

兵営にとどく便りとつつしみて
書けば妻てふ思ひかなしも

菜の花が咲く頃ならむ咲きしよと
文かわすのみの春はかなしも

逢へぬものと決めては軍便《たより》つきし日に
明るき言葉放ちてあわれ

陰膳に供へて冷えし飯の上に
熱き茶かけつつ泣きたかりけり

夫征きて堪へてある日を嫁ぎゆく
友の便りにゆらぐものあり

君います恋ほし久留米もゆかざれば
浮かぶものなしただ面影を
（昭和十七年久留米陸軍第一予備士官学校在学中）

ねむり得ず一夜ゆられて来し汽車に
きみに逢ふ日は明けそめにけり
（面会）

頼もしくつわものさびて夫は来ぬ
　離れ住む日の長くなりつつ
（面会）

夫をば一隊の兵の中に見て心の誓い更にあたらし

久々に帰還《かえ》り来たりし夫といて
　心素直にいたわられおり
（再度の出征を前に帰宅外泊す）

明日征かばまた面影の人とならむ
夫の寝顔に頬よせにけり

炎天下燃ゆる兜に手をふれて淋しく君は故国おもはむ

夫ならずやと瞳凝らせどスクリーンの
果てなき野征く兵かへり見ず

後記

『離合の風』と言う題名は、「離合」と「離合風」という二つの言葉を拠り所として定めました。因に、諸橋轍次先生の著された「大漢和辞典」を繙いて見ると、次のように説明されています。まず「離合」とは、離れたり合ったり、離したり合わせたり、離散と集合という意味であり、一方、「離合風」という言葉は中国の古典「物類相感詩」の中に次のようにその意味が記されています。

「離合風」「烈子御風、常以立春日、遊乎八荒、立秋帰乎風穴。是風至、草木生、去即揺落、之謂離合風」

(訳) 烈子が立春の日、八荒に遊び、立秋の日、風穴に帰るために乗る風。この風が至れば草木生じ、この風去れば揺落する。

(注) 八荒とは国の八方の果て、全世界の意なり。風穴とは寒風の吹く地なり。

「離合」の中に含まれている逢ひまたは別れは著者が辿って来た人生での心の姿で

あり、「総ての草木をはぐくみ育てる風」とは著者の心を温める深い情けでありました。そうした風の中に著者は自らの想いを漂わせ続けたのです。この歌集については、昭和五十年頃より稿を温め推敲に推敲を重ねる間に何時しか年月を重ねて今日に至りました。

また著者は、この歌集を纏めるにあたり、大東亜戦争が勃発するより先に軍隊に入り、爾後凡そ六年間を経て復員するまでの間、中国戦線を振り出しにラバウル・ニューギニア地域更にはビルマ・インドの国境地帯にあって戦いに明け暮れた夫への想いを詠んだ詩の幾つかをこの歌集に添えて心の安らぎと致しました。

歌集の出版に当たり温かきお志を戴きました文芸社に深くお礼申し上げると共に、常に出版編集に心を尽くして下さいました松尾光芳氏並びに山本孝子氏に心からの感謝を申し上げます。

平成十五年十二月十五日

著者

著者プロフィール

高倉 信子（たかくら のぶこ）

大正８年２月６日	平岩照治郎・ヒロムの次女として香川県三豊郡紀伊村字福田原にて生まれる。
昭和12年３月	大阪府立大手前高等女学校本科を卒業する。
昭和12年４月	大阪府立大手前高等女学校高等科に入学する。
昭和14年２月	短歌結社「香蘭」（主宰・村野次郎先生、アララギ系）に参加、選者・冬野清張先生の指導を受け始める。
昭和14年３月	大阪府立大手前高等女学校高等科を卒業する。
昭和15年８月１日	髙倉寛太郎と結婚する。
昭和15年12月１日	寛太郎は軍隊に入隊し、途中久留米陸軍第一予備士官学校にて勤務せし一年間を除き復員まで総て外地の戦場にて過ごす。
昭和17年10月	「香蘭賞」を受賞する。
昭和18年９月15日	長男・俊一郎生まれる。
昭和21年７月６日	寛太郎、外地より帰還する。
昭和33年１月22日	長女・恵波生まれる。
昭和35年５月	書道師範の免許を取得する。
昭和45年１月	香蘭結社の第一同人となり作歌活動を続けると共に書道を教授して今日に至る。

歌集 **離合の風**

2004年2月15日　初版第１刷発行

著　者　髙倉 信子
発行者　瓜谷 綱延
発行所　株式会社文芸社
〒160-0022　東京都新宿区新宿１－10－１
電話 03-5369-3060（編集）
03-5369-2299（販売）

印刷所　東洋経済印刷株式会社

ISBN4-8355-6947-4 C0092